가시연

가시연

정상석 시집

개미

정상석 시인은 살아온 날수만큼의 뒤틀린 육체적 불편함을 투명한 웃음으로 기루어 시로 승화시키는 참 부지런하고 선량한 사람입니다. 전문예술단체 〈장애인인식개선오늘〉에서 위촉된 심사위원들은 그러한 정상석 시인의 작품세계를 주목하였습니다.

그의 시에서 우리가 접한 것은 시적 화자를 통해 음향구조, 이미지의 패턴, 행과 연의 형태 등에서 지극히 물질적인 현실의 왜곡된 제도에도 불구하고 그의 발원이 타자를 향해 내어놓는 수줍은 독백 같은 시를 만났습니다. 그로부터 화자가 떠올리는 어조에서 아이가 말을 배우는 순수함과 화자의 간절함을 만나 볼 수 있었습니다. 이에 이견이 없이 그의 작품을 선정하게 되었습니다.

대전광역시와 대전문화재단의 후원을 받아 전문예술

단체 〈장애인인식개선오늘〉이 공모하는 〈대한민국장애인창작집필선집〉에 선정된 작품집이 그가 살아가야 할 짐 지워진 노정에 모쪼록 작은 위로가 되길 바랍니다.

2024년 12월
전문예술단체 〈장애인인식개선오늘〉
대표 박재홍

　손가락 시인으로 불리는 정상석입니다. 2015년 이후 용기 내어 응모한 〈대한민국장애인창작집필선정작품집〉으로 다시 뵙게 되어 반갑습니다. 작가의 말을 쓰려다 보니 쑥스러워 제 시 한 편을 빌려 인용함으로써 마음을 되짚어 보고자 합니다.

　"중략… 비가 오면/ 나에게 위안이 되어주는/ 사람이 씌어주는/ 나는 우산을 쓰고 싶다… 생략"

　— 정상석 詩 「우산을 쓰고 싶다」 일부 발췌

　저의 부족한 시가 자신을 인도하여 세상에 닿으면 그런 사람을 만나고 싶습니다. 준비한 모든 손길과 심사로 선을 더하여 협력한 전문예술단체 〈장애인인식개선오늘〉 운영진들께 깊은 감사를 드립니다.

2024년 12월
정상석

가시연

차례

제4부

해설

1부

우산을 쓰고 싶다

나에게 위안이 되어주는
비가 오면 낯익은 사람이
씌어주는 우산을 쓰고 싶다

이제 다시는 가슴속 멍울이 지는
그런 일은 만들지 않으리라
다짐했는데

10월 가을비 내리는 어느 날
나는 우산을 쓰고 싶다
멍들 준비도 하지 못하고

비구름이 몰고 온 슬픈 이야기 속에
말로 다 못한 사연 그늘에 가려진
추억들을 잊지 못해 나는
우산을 쓰고 싶다

그리움 하나

남겨둔 그리움 하나
그늘진 밤하늘에
별빛이 되셨어라

구름 낀 그사이로
보고 싶은
얼굴을 내미시며
잠들게 하셨어라

깊은 밤 꿈속에서
잠시 만나니
한순간의
슬픈 꿈이었어라

인생 여행

나는 지금 인생이란 이름의
무전여행을 하고 있다.

조금 가다 보면 희망을 만나지겠다고 했는데
검은 먹구름의 폭풍우를 만나
드넓은 바다를 표류하기도 하고

막상 어려움을 헤쳐 나가면
따뜻한 봄 햇살에 환하게 웃는
얼굴로 피는 꽃잎을 보곤 하면서
조금씩 성장해 가는 나를 만났다.

그렇지만 지금은 너무 맥없이 허물어져
이제는 수습이 안 될 정도로
돌이 된 꿈을
애써 일으켜 보려고 하는
나의 외로움이 서글프다.

누구 하나 나의 마음을 몰라줄 때
가장 고독하고
아무도 꽃의 아름다움을 보지 못할 때
이 세상은 가장 어둡다

아픔 없이 빛나는 별은 없다는데
고통을 느껴본 사람은 강하다

내가 실컷 아파야 한다면
그래서 이 인생 여행이
끝날 때쯤 삶의 승리는
나의 것이 되어 있을 테니까

쓰레기차가 왔다

매일 한밤중 12시 30분쯤이면
영락없이 울리는 차량의 방울 소리

요즘 사람들은 무엇을 그렇게 갖다가
버리는 것들이 많은지

엘리베이터를 타고 내려가 보면
아파트 쓰레기장이
정신이 하나 없네

아아, 어쩔까 저 중에
내가 무심코 버린
미움도 썩어 있을 건데

혼란의 세월

야속한 세상아 미련한 나를
숨막히는 이곳에서
벗어나게 해다오

나는 지금 모든 것이 정지되어 있는
혼란의 시절을 살고 있단다

엉뚱한 시간아 유리 속 나를
공기 맑은 곳으로
어서 데려가 다오

나는 지금 정답 없는 문제를 풀려고
혼란의 세월을 버티고 있단다

비가 오려고 하면

아니 비가 오려면
꼭 땅바닥에서 개미들이 피난 가듯
나의 마음도 빠른 걸음을 재촉한다

서두르는 마음이 얼마 있으면 다가올
재난의 기미를 느끼고
지네들 딴에는 최선을 다해 달려간다

장마에 홍수가 나면 저세상으로 가기 싫어
개미들이 잰걸음 서둘러 깨달음의
높은 언덕으로 세상 시름을 잊고
떨치고 올라간다

아직은 끝나지 않았다

숨도 쉬지 못할 만큼
여기까지 달려오느라
고생 많았네

이젠 지칠 만도 한데
오히려 강해지려는
너의 모습을 보면서
나도 힘을 낸다

여기서
쓰러질 수 없다고 말하는
너의 작은 목소리와
피 맺힌 약속
나는 듣고 있다

아직은, 아직은 끝나지 않은
시간 속에 너는 승부수를
던질 때를 기다리는

고독한 눈빛인 것을 안다

작은 평화

초원에서
놀고 있던 임팔라가
늙은 사자에게 잡아먹힌 뒤
어여쁜 꽃잎으로 환생하여
작은 평화를 꿈꾸고 있네

그런데 임팔라를 잡아먹은
늙은 사자는 기나긴 세월을
먹잇감을 찾아 초원을 헤매다
굶어 죽고 말았는데
노란 나비로 환생하여

작은 평화를 꿈꾸는
어여쁜 꽃잎의
향기에 취해
너풀너풀 춤을 추고 있네

버드나무 숲 사이로

바람 되어 불고 싶소이다

인간사를 벗어난
모습으로
살고 싶소이다

잊어버리고 싶은 기억
지우고 싶은 아픔
저 무성한
버드나무 숲 사이에
묻어버리고

묵묵히 돌아 나오는
나로 살고 싶소이다

서툰 사랑

너무 크지 않게
속삭여야지
사랑은 그렇게
고백하는 것이 아닙니다

작은 눈빛으로
바라봐야지
사랑은 그렇게
바라보는 것이 아닙니다

갑자기 다가서면
금방 놀라 도망가 버리고
숨바꼭질하듯
어디론가 사라져 버립니다

몇 번 두드려야
겨우 열리는
마음의 문을 통과해야

비로소 시작되는
그것이 사랑입니다

지나가는 비가 아니었으면 좋겠다

갑자기 캄캄해지는 세상이라면
나는 어떡하라고

먹구름에 가려져 있는
태양이 아니었으면 좋겠다

우리 서로가 웃을 때
심장이 멎는 느낌으로
밝은 세상을 바라볼 수
있었으면 좋겠다

지나가는 그대를 꿈속에서 보고
신나는 음악에 맞춰
춤을 출 수 있는
그런 환희의 순간이 나의
새벽을 깨운다

별것도 아닌 것이

별것도 아닌 것이 한글을 혼자 터득하고
가방끈도 아예 없는 것이
손가락 하나 겨우 움직여
컴퓨터를 떡 주무르듯이 하고
자판을 두드려 시를 씁니다

그리고 마음이 약한 탓에
자기 자신도 돌아보지 못하고
이 세상 힘든 사람들의
희망이 되는 일을 하다가

시기 질투의 대상이 되어
여린 가슴에 구멍이 나도록
시린 상처 많이 받기도 하는
나는 바보처럼 살았나 봅니다

그러나 지금도 버릇처럼
외로운 사람을 보면

자기 자신도 똑같은 처지면서
다가가서 말벗이라도 해주고 싶고
햇살 같은 사랑을 나누고 싶습니다

하루를 시작할 때 아침에 눈 뜨면서
나는 작은 소망 하나를
혼잣말로 속삭이곤 합니다

알아주는 이 아무도 없을지라도
저 파도치는 경포 바닷가
모레 사장에 희망이란
두 글자 새겨놓고 가게 해달라고

울지 말아요

거기 있는 당신
거기 서럽게 울지 마요

인생을 살다 보면
몸도 아플 수 있고
슬픈 일도 생길 수 있고
안 좋은 일도
만날 수 있지요

어둠이 깔린 밤바다를
작은 고깃배를 타고
항해하다가 거센 폭풍우를
만날 수도 있고

어쩌다가 운이 나쁘면
뒤로 넘어져도
코가 깨진다고 하잖아요

우리 삶이란 다 그렇지 않습니까

거기에 있는
당신도 어서 털고 일어나요

그리하여 머지않아
해맑은 하늘의
햇살처럼
환한 웃음 보여줄
날이 생길 테니

술 취한 똥파리

휘청거리는 파리 한 마리
망사 날개 이리저리 휘저으며
기분이 좋은지 주정을 하네

막걸리를 마시다가
그 속에 빠진
똥파리를 보고
그것도 술에 취하면
기분 좋다는 것을
알게 되었네

오늘 나도 취하고
똥파리도 취해 둘 다 정신이
어디론가 외출해 버렸네

세상을 살다가

이러지도 못하고
저러지도 못하였을 때는
그냥 아무 생각 말고
눈감아 버리세요

생각이 많으면
병만 나기 마련인데
그저 머릿속을
깡통같이
비워 버리세요

세상을 살다가
하려고 하는 일이
마음대로
풀리지 않는다고
아무한테나
성내지 마세요

다 부질없는 짓임을
깨달아 갈 때
가슴이 넓어지고
닫혀있던 희망의 문은
밝은 햇살과 함께
활짝 열릴 것입니다

2부

잊혀진 사랑의 아리아

웃는 너의 모습
사진 속에
그리움으로 여울져

나의 사랑이 아닌 듯
빈 가슴속에
허전한 느낌마저
주고 있어라

가녀린 눈빛으로
둥근달을 바라볼 때
바람의 소망으로
따뜻한 너의 체온
알아챈다

너를 볼 수 없고
불러봐도 들을 수 없던
너의 모습과 목소리

어젯밤 꿈속에서
보고 들을 수 있었다

어두운 밤을 보내고
잠에서 깨어보니
너는 먼 곳으로 떠나고
너를 불러보는
나의 마음
둥근 달빛 속에
물들었네

기억상실증

모든 기억을 잃어버린 사람처럼
너의 얼굴을 완전히 내 머릿속에서는
이제는 없는 존재들이 되었다가
어느 날 갑자기 떠오르는 영상

그러나 언젠가는 먼 훗날
이승이 아닌 곳에서 만나지겠지
인연의 끈을 놓지 않으려고
발버둥 치는 것처럼 나를
보게 되었구나

나는 기억나지 않는다
그때 솔직히 살려고
억울하게 전쟁터에 내몰렸다가
희생된 이들 속에 없었을 뿐이다

말로는 더불어 사는
세상이라고 목 놓아 외쳐놓고

꼭 너와 내가 되어버린 채
이분법으로 나누려고 하고
돈의 노예가 되어버린 사람들이
볼썽사납게 느껴질 뿐이다

다 변질되어 가는 것이 안타까워서
나는 나를 잃어버리려고
기억상실증에 걸렸나 보다

마음 버리기

마음 저 끝에 있는
그 무엇인가를 버리기 위해
눈물방울 한 방울 떨구고
다른 사람들이 모르는
먼 하늘로 떠나려고 합니다

내 가슴 한구석에
채우지 못한 그것을 찾아
사랑이란 깨달음이 있는
이름 모를 산과 고개를 넘어
저 태양이 이글거리는
아주 먼 곳으로 떠나려고 합니다

내가 목마른 이유를 알고 싶어
멀리 신기루가 보이는
사막에 도착할 때까지
지치고 병든 몸을 이끌고 가는
마차 하나 빌려 타고

엄청 힘든 삶을 산만큼
이 마음을 버리고 달려갑니다

그저 웃지요

살다가
외로워지면
그저 웃어요

외로워하다가
사랑이 그리우면
피식 웃어요

못난 가슴
애만 태우다가
그냥 웃지요

삶

이 질긴 목숨도
스스로 끊지 못해
하늘로 가지 못하고
이렇게 살고 있습니다

이 세상과 힘든 인연도
지독한 감기처럼
끝까지 나를 괴롭혀도
다 버리지 못해 살고 있습니다

맑았던 하늘에
검은 먹구름이 밀려오고
천둥번개가 치더니
제 멋대로 소낙비를 내립니다

어떻게 살아야 하는지
정답은 없고
어려운 삶이라는 것을 압니다

〈

나의 마음을 아무도 몰라주고
돌을 던진다 해도
초심을 잃지 않고 살아야 하는
이것이 진정한 보살행이고
올바른 삶이라고 생각하니까요

혼자 가는 길

벚꽃잎 가득한 공중에
바람이 휘날리는
저 길로 나 혼자 간다

아름다운 꿈과 사랑
다 등지고
추억 찾아 혼자 떠난다

이 외로운 공간
박차고
찬란한 별빛 보러 간다

복날

못 견디게 무더운 여름철
온 동네 견공들이
몸조심해야 하는 날

삼 한 뿌리 넣고
찹쌀과 통마늘
그리고 대추와 황기까지
꼬꼬의 배 속에 가득하여
진한 국물이 어우러져
쫀득쫀득한 육질이
입안에서 살살 녹는다

그것을 다 먹고 나면
후식으로 쫙하고 짜개서
너와 함께 먹는
수박 한 덩어리가
설탕같이 달구나

바람의 끝은

끝을 잡을 수도 없어
또다시 세찬 바람이다

그렇다면 구름의 끝은
정답 없는 지친 삶이다

다시 말하면 어느 구름에 들었는지
모르는 비가 오면
그냥 젖어버리는
힘든 이야기다

알 수가 없어요

내가 왜 이러는지
깜빡깜빡
형광등 같아요

어떨 땐
밥 먹는 것도
잊어버리고
하얀 밤을 새우고
새벽이 올 때까지
시를 쓰네요

내가 곰곰이
생각해 보니까
나 자신을 잃어버린 채
힘든 삶을
살고 있는 것 같아
안타깝기도 하고요

아무튼 오늘 새벽도
나 자신에게
힘낼 거야 라는
말 한마디 남겨놓고
스르르 잠에 빠집니다

그저 웃지요 2

그저 새벽 비 내리는 것을
가만히 내다보고
기나긴 인고의 세월을 지나온
가엾은 영혼처럼 웃지요

그저 보고 싶은 사람에게
편지를 쓰다가
나의 마음 들켜버린 것처럼
얼굴이 빨개져서 웃지요

그저 허전한 가슴 한쪽에
어쩌다 생긴 그리움으로
떠오르는 언덕에서
끝내는 울지 않고 웃지요

그저 지나가는 시간 속에서
그래도 최선을 다해 살았다고
나 자신을 토닥여주며

마지막 이야기 속에서 웃지요

그래도 살아야겠지

우리가 원하는 세상이
이런 괴로움은 아니었는데
그래도 살아야겠지

우리가 바라던 세상이
분명 행복이었다면
긴 어둠 속에 불꽃으로
다시 타오르게 해주오

우리가 꿈꾸던 세상이
이런 배고픔은 아니었는데
그래도 견뎌야겠지

우리가 버텨야 할 시간만큼
내가 죽어 없어져야 한다면
가슴이 따뜻한 사람들과
깊은 사랑 나눌 수 있게 해주오

상처받은 자존심

잠시
스쳐 지나간
인연

나의 마음
모르는 채
나의 심장 소리를
듣지 못한 채

멀어져 간
너를 나는
오늘부로
잊기로 한다

나는 두 얼굴의 사나이

내 안에
지금
악마가 있다

나를 화나게 하면
꼭 나와 멀어지고
가슴 치며
후회를 한다

내 안에는
지금
천사도 있다

나에게 진심 어린
사랑을 주면
나는 아름다운
웃음꽃으로 핀다

낮달

모처럼 영화관에서
영화를 보고
집으로 돌아오다
무심코 바라본 하늘에
흰 구름 사이로
떠 있는 낮달을 보았다

그 옛날 누군가
나에게 말해주었던
좀처럼 낮에 뜨는
달은 만나기 어렵다고

나는 만나기 어려운
낮달을 보면서
나의 가슴속에
아직 남아있는
고독의 흔적 다 없애고

나의 작은 바람들이
낮달을 만난 것처럼
이루어지기를 소망했다

너무 참지 말고 울어라

야, 이 녀석아
너무 참지 말고 울어라

아플 때도 얘기하고
외로울 때도 얘기하고
힘들 때도
너무 참지 말고 얘기해라

무조건 사람들 앞에서
삐에로처럼 웃고 있다고
누구 하나
너의 모든 것을 알겠는가
라고 되물었다

야, 이 녀석아
너무 참으면 너만 골병 든다

그러니까 너에게

손 내미는 이가 있으면
그 손을 잡고
너의 가슴을 얘기해라

그 말을 알지만 너무
참을 수밖에 없는
세상도 있다

3부

봄꽃은 피었는데

우리집 작은 화단에
봄꽃은 피었는데
같이 노래 불러줄 사람 없네

베란다 문이 열린 틈 사이로
하얀 나비 날아들어도
시멘트벽에
달라붙어 춤을 추지 않네

나의 마음이 허전해
네가 떠난
파란 하늘 쳐다보지만
시멘트벽에 달라붙어 있던
하얀 나비는 어디론가 사라졌네

혼자 우는 밤

소리 없는
눈물을 가슴으로
흘리는 암울한 밤입니다

사람들 속에 살기에
사랑하고
이별도 한 것입니다

목이 말라 물을 마셔도
더 목이 마르고
밤하늘에 별빛을 바라봐도
뭔가 빈 것 같은 느낌입니다

그래서 더욱
쓸쓸해지는 밤을 보내다가
나도 모르게 웁니다

사람들 속에 살기에

그리워하고
보고 싶어도 한 것입니다

산다는 것과 죽는다는 것은

산다는 것과 죽는다는 것은
다 영화 같은 일이다

사람은 누구나
이 세상에 한 번 태어나서
누군가를 미치도록 그리워하다가
끝내 그리움의 꽃을
피어보지 못하고 죽는 사람도 있다

나는 영원의 사랑을 꿈꾸다가
사라지는 그런 별빛과
타버린 나무가 되고 싶지 않다

그렇게 사라지거나 없어지는
그런 차가운 겨울바람에
식어버린 가슴도 되고 싶지 않다

나를 사랑하든 사랑하지 않든 간에

결국 나는 애절한 영화 속에
주인공이 되기 싫으니까
슬픈 각본을 쓰지 않을 것이다

외로운 길

세상 사람들 모두
나의 마음
서글프게 몰라줘도
나는 외로운 길을 가련다

혹여 개똥벌레가 되어버린
거울 속에 나의 슬픈 모습
보게 되어도
나는 고독한 길을 가련다

나의 지친 몸이
부서지는 줄 모르고
나 혼자 달려온 이 길을
쓸쓸한 노래 부르면서
끝까지 포기하지 않고 가련다

나의 마음은

나의 마음은
너와 함께 있으면서
그저 친구하고 싶은데
벌써 시간이 이렇게 되었구나

나의 마음은
너와 아름다운 꽃밭에서
조금 더 놀고 싶은데
목련 꽃잎 바람에 흩날리는구나

나의 마음은
너와 생각 속에 머물고 싶고
끈끈한 우정 나누고 싶은데
지나가는 일분일초가 소중하구나

나의 마음은
천년만년 변함없는 소나무처럼
행복한 이 자리에 있고 싶은데

깊은 밤 시계 소리만 들려오는구나

반달 같은 사람

밤하늘에 뜬
반달을 보면
그 사람의
눈썹이 생각이 난다

별로 예쁘지 않았지만
나와 처음 만난 날
뻐드렁니를 입 밖으로
드러내놓고 웃던
그 사람이 생각이 난다

밤하늘에 뜬
저것은 바로 반달이고
자꾸 꿈을 꾸면 나타나
나를 잠 못 들게 하는
그 사람은
추억 속의 사람일 뿐이다

나를 잊었나

이젠 얼굴도
기억나지 않네요

이젠 이름도
생각나지 않네요.

뼈에 사무치도록
보고 싶지만
강물에 띄워 보낸
너의 사진 한 장
없네요

노을이 지는 풍경을 보다

시간이 지나가도
너를 그리워하긴 마찬가지다

세월이 흘러도 네가 생각나는 건
붉은색으로 물든
저녁 하늘은
점점 아무것도 보이지 않는
암흑 속으로 빠져들고

너를 그리워하는 마음마저도
나에겐 사치가 되어버린 지금
붉게 타는 노을을
바라본들 무슨 소용일까

돼지가 꿀꿀

우리 안에
돼지가 꿀꿀거려도
밥 주는 이 하나 없음
이 또한 슬픈 일이다

배고픈 돼지는
머리에서 연기 난다

화가 난 돼지는
무엇이든
들이박고 싶다

우리 안에
돼지가 배를 불려야
따뜻한 봄이 오고
행복이 오는 법이다

시좀 쓰게 해주세요

이제 마음 잡고
제자리로
되돌아가게 해주세요

나는 시를 쓰는
글쟁이랍니다

근데 어느 날 갑자기
알 수 없는 고통이 찾아와
마음이 저 먼 허공으로
바람 타고
날아가 버렸네요

노래하게 해주세요
제발 가슴에 박힌
커다란 대못 뽑아내고
아프지 않은 그곳에서
좋은 꿈 꾸게 해주세요

이 밤을 지새우며

밤을 지나 새벽이 오는데
생각해 봐도 이건 아니다

이것도 안 된다 저것도 안 된다

그럼, 저 사람들은
과연 우리에게
무엇을 도우려고 왔는지
입맛만 씁쓸하다

태양이
펄펄 끓는 것처럼
나의 약한 심장이
펄펄 끓었다

이 세상에 발명가들이여

어디까지 가야 멈춰지나
이 고독의 시간들

이 세상에 발명가들이여
어서 SF영화에 나오는
타임머신을 발명하라

과거로 되돌아가서
그리운 이들도 만나고 돌아오고
미래로 가서
앞서가는 과학기술로
살기 좋은 세상 만나 보게

인간의 능력은 무한대지 않는가
옛날부터 꿈꿔왔던
인공지능 자동차와 인공지능 로봇
저 놀라운 네모난 스크린 속에서
목격하지 않았다면

이런 얘기도 할 수 없지 않는가

무한대의 능력을 갖춘 인간들이여
어서 타임머신을 발명하라

어느 날

어디로 갈거니
어떻게 갈거니

어느 날
망가진 거울에 비친
내 모습을 보면서
어둠 속 초라함을 본다

그곳에 갈 거니
버스 타고 갈 거니

어느 날
차디찬 겨울바람에
부딪히고 마는
나의 상처가 아프다

착한 비둘기

비둘기
한 마리 날아왔다가

나를 날개에
태우고 가는
상상을 해보았다

자유라는
이름의 상상
그 하늘빛 소망이

착한 비둘기를
나에게로 보내주었나 보다

4부

사고 치지 마

사고 치지 마
연이은 사고에
나도 이제
머리가 아프다

사고 조심해
그러면 되잖아
나도 이제
숨 좀 쉬자고

화내고 열 내고
싸우고 그래봤자
혈압 올라
아직도 병원 치료 중

맛있는 거 해준다고
무를 썰면서도
항상 칼 조심

사람 살은
먹는 게 아니다

너무 급한 마음에
뛰어오지 마
천천히 와도
괜찮단 말이야

넘어지고 쓰러지고
다치고 그러지 마
나는 정말 속상하잖아

미친개에게 느낀다

미친개에게 물렸다
아주 여리고
연약한 마음을 가진
나를 물고 달아난
운명이란 미친개에게

피를 너무 많이 흘린 나는
극심한 통증에 시달리다가
이제 서야 말을 한다

아니 환상에서 깨어난다
그리고 하나가 아니라
둘이었다는 것을
아픔 속에서 깨닫는다

아무리 마음을 나누려 해도
언젠가는 연기처럼
사라져 버리는 사람들 속에

참을 수 없는 고통을
나를 물고 달아난
미친개에게 느낀다

시인에게

아무도 당신 곁에
머물 수 없다면

당신이 쓰고 싶었던
아름다운 시를 쓰세요

그래도 당신에게
하고 싶은
말이 남았다면

사랑하는 별과
사랑하는 사람들과
함께 하세요

설령 사랑하는 사람들이
당신이 싫다고 말한다면

그대여 그때는 나의 곁에서

잠시 쉬다가 가세요.

사랑하며 사세요

사랑하며 사세요
행복하게 사세요
웃으면서 사세요

희망차게 사세요
자비롭게 사세요

이해하며 사세요

위로하며 사세요
햇살처럼 사세요
별빛처럼 사세요

봄볕처럼 사세요
연꽃처럼 사세요
아름답게 사세요

오늘밤이 지나가면

오늘밤이 지나가면
긴 어둠이 걷히고
새벽이 지나가면
아침 해가 밝음을
알리면서 떠오른다

밝은 햇살을 받고
은빛 날개 퍼덕이며
푸른 내일을
꿈꾸던 비둘기는
눈부시게
태양 안에 가려진다

새로운 희망을 찾아
이곳 외로운 땅에
내려앉은
너의 영혼 빛은
슬프도록 아름답게

그려져 있는
둥근 환상인가 보다

그래도 시간은 잘도 간다

깊은 밤
거센 폭풍우 휩쓸고 지나가도
속 타는 시간은 잘도 간다

하늘에서 전송 돼온
사진 속에 그것이
제아무리 소용돌이치며
빠른 속도로 돌진해 와도
우리는 속수무책이었다

갑자기 몰아닥친 비바람에
홍수가 나서
맨홀에 빠진 사람들
급류에 휩쓸려간 영혼들이
저 네모난 화면 속에
실종자란 이름으로 나타날 때
비로소 약함을 느끼는
우리 인류인가 보다

〈

그래도 냉정한 운명이란 말이냐?
그 아비규환 속에서도
용케 살아남은 생존자들 속에
바로 우리가 깨달아온
공간 속으로 시간은 잘도 간다

나는 본능처럼 시를 쓴다

나는 본능은
특히 마음이 아플 때와
슬플 때는
외로움에 빠져 시를 쓴다

내가 아침에 일어나서
하루를 보내고
서산으로
마지막 저녁 햇살
넘어가는 순간까지
나는 노래하듯 시를 쓴다

나는 습관처럼 시를 쓴다
특히 가슴이 무너져내려
더 이상 견딜 수 없는
통증이 느껴질 때 시를 쓴다

잘생긴 바보

이런 눈이 예쁜 바보가
세상 또 어디에 있겠는가

이런 인물이 아까운 바보가
이 세상 어느 곳에 또 있겠는가

나는 나 자신이 눈이 예쁘지도
별로 잘생기지도
못했다는 것을 잘 알고 있다

그렇다고 못생긴 얼굴도
아닌 그저 평범한 사람이다

근데 이상하게도 사람들에게
가끔 이런 소리를 듣고
기분이 좋아지는 것을 보면

아아, 나는 착각 속에 사는

눈이 예쁜 잘생긴
바보가 틀림이 없나 보다

우리 삶은 함정이다

이 세상을 살면서
어떤 인연으로 만났건
우리 삶은 함정이다

수십을 같이 하면서
우정을 나눈
친구라 할지라도
크고 작은 다툼으로
서로 토라져
결국에는 되돌이킬 수 없는
사이가 되어버리는 경우가 많다

이 나이 먹도록 깨닫지 못해
놓쳐버린 인연들

누가 잘했고 누가 잘못했건 간에
정말 아쉽고 안타까움이 많다

이해하지 못해
원망하고 미워하고
내 생각만 했던 시간들

아, 이제 다시
삶의 함정에 빠지지 말아야지

가을 독백

쓸쓸한 가을 그대 그리운 가을에는
마른 단풍잎 수북이 쌓여
아무렇게나 뒹구는
강가에 앉아
짙은 추억에 취해버리는
그런 사람이 되고 싶어

외로운 가을에는
그대 보고 싶은 가을에는
그저 이름마저
희미해져 갈 때까지
내가 지금 바라보고 있는
강 건너 마을에 들리도록
슬픈 목소리로 노래하고 싶어

가시

내가 당신의 가시였다는 것을
인제야 깨달았습니다

얼마나 아팠을까
얼마나 고통스러웠을까를
생각하면서
나의 지난날들을 반성합니다

이제 당신이 있는
그곳에 찾아가
목 놓아 울 수도 없고
그냥 이렇게
먼 하늘만 바라봅니다

못난 모습으로 태어나서
정말 죄송합니다.
그리운 나의 아버지

타조 만세

날지 못한다고 해서
나를 괄시하거나
비아냥거리지 말아라

나는 빠른 속도로
달릴 수도 있고
아무도 당해낼 수 없는
강인함으로
완전히 무장되어 있다

그리고 특수훈련으로
단련된 다리와 정신력으로
밀림의 왕이 덤벼들지라도
저 멀리 십 리 바깥으로
차버릴 준비가 되어있다

그러나 나에게는
도저히 이룰 수 없는

작은 소망 하나가 있다

어린 시절부터 지금까지
철 따라 수만 리 먼 하늘을
마음대로 날아왔다 가는
흑두루미 녀석처럼
자유롭고 싶은 것이다

나는 작은 소망 하나가
이루어지지 않는다고
길바닥에 주저앉아
나의 삶을
포기하지 않을 것이다

그것은 절망을 맛본
사람만이 알고 있는
아주 큰 바위처럼
단단해진
희망이란 이름의 불빛이니까

내가 밤하늘의 초신성처럼

내가 드넓은
우주의 초신성처럼
강렬한 빛을 내며
폭발해서 없어지는 순간
그는 말했다

제발 시간을 멈추어 주던가
되돌려 달라고

그래, 아무것도 모르는
거리의 사람들이야
초신성이 사라지거나 말거나
그저 별의 폭발쯤으로 생각한다

그러나, 그것은 별의 폭발이 아니라
나의 곁에 잠시 머물다가 떠난
영혼들의 아우성이요,
또 우주 밖에서 전해지는

안타까움의 노래이다

세상살이가 아무리 힘들어도
힘을 내서 살라는
초신성의 마지막 외침임을
나는 밤하늘을 보며 깨닫는다

우리 다시 만날 때는

언젠가 우리 다시 만날 때는
내 앞에서 울지 말아요

먼 훗날 우리 다시 만날 때는
내 앞에서 그냥 웃어줘요

내가 당신 슬픔 다 알고
당신도 내 아픔 다 알기에
우리 서로 친구가 될 수 있는데
눈물 따윈 필요 없잖아요

당신이 술에 취한 채
내 앞에서 울면
그 옛날 저 하늘로 떠나가신
아버지가 생각나서
여린 가슴 저며와
나도 소리 없이 울어요

왜 나를 울려요 왜 나를 눈물 나게 해요

언제가 될지 모르지만
우리 다시 만날 때는
처음 그날처럼
나를 위해 노래 불러줘요

그냥 그렇게 해주시면
당신 마음 편안해지고
나의 마음도
아프지 않을 겁니다

정상석 시의 투명한 시혼(詩魂)의
무구(無垢) 발화점(發火點)

정상석 시의 투명한 시혼(詩魂)의 무구(無垢) 발화점(發火點)

박재홍 | 시인·문학마당 주간

1. 정상석 시집 『가시연』의 등장 배경

문학평론가 김종회는 장애와 장애인문학을 다룬 작품은 국내외에도 많으며 장애와 장애인은 우리와 멀리 떨어져 있는 먼 나라 이야기가 아니라고 말한다. 이는 비장애인도 잠재적 장애인이 될 수 있다는 전제를 놓고 봐도 그렇다. 그래서 장애는 곧 우리 모두의 문제요 곧 나의 문제라고 할 수 있다고 말했다. 그의 주장을 빌면 첫째 장애 문인이 쓴 문학작품을 말한다. 둘째 장애와 장애인 문제를 다룬 문학을 말한다. 셋째, 장애인을 위한 비장애인 연구 총서(문학, 역사, 철학, 사회과학) 등 분야를 막론하고 열린 마음으로 경계의 벽을 허문다. 장애인이 쓴 문학의 개념은 소수자 문학의 위치를 가지며 매우 협소할 수 있다. 이것은 영역의 협소성을 가질 수밖에 없다. 이러한 개념은 소위 문학의 수준을 가늠하기보다는 작품을 쓰는 주체가 '장애인 유무', '장애 정도'를 가지고 판단하는 근거를 삼는 것이다. 그러나 두 번째 장애와 장애를 다루는 문제는 광범위하고 앞의 첫 번째 경우보다 훨씬 해석이나 사례가 다양하다고 할 수 있다. 이는 생산적 개념의 장애인 문학의 확장성과 대중성을 확보하기 수월한 부분이 있다. 이러한 작품 속에 "장애인 문제의 분량", "작품의 주제가 세밀한 정도", "집엽성의 문제"를 드러내는 것도 가능하다. 마지막으로 그는 장애인 문학의 지향점에 있어 장점은 "장애는 인간의 삶 속에서 당사자로서 '배제'에 놓이며 사회적 차별과 개인의 고통을 감내하는 '간절함'의 강도가 다르다. 당사자로서 장애인 문학의 방향성은 결국 작품 속에서의 장애 문제가 고통 속에 침잠되기보다는 희망의 발원으로 이르기를 삶 속에서 유도하는 데 있다. 그런 점에서 대전광역시·대전문화재단의 후원으로 전문예술단체 〈장애인인식개선오늘〉[1]이 주최 주관하는 〈장애인창작 활동 지원〉[2]사업인 「대한민국장애인창작집필선정작품집」을 매년 공모하고 있는데 이는

---

1) 문화체육관광부 등록 비영리민간단체·대전광역시 지정 전문예술단체임.
2) 대전광역시·대전문화재단의 장애인창작 활동 지원사업에 선정된 〈장애인인식개선오늘〉의 주최·주관하는 사업임.

단발적이고 정책적 동정에 편승하는 안이함에 기대는 것이 아니다. 국내·외 문학사를 통해 빛나는 문인들의 작품에서 당사자로서의 장애인 문학을 만날 수 있다. 시각 장애인 호메로스, 존 밀턴, 장 폴 사르트르, 지체 장애의 이솝, 세르반테스, 윌리엄 셰익스피어, 조지 고든 바이런, 마가렛 미첼, 사마천 등과 뇌전증의 톨스토이와 언어 장애의 헤르만 헤세, 서머셋 몸이 있다. 이들은 스스로 장애를 가지고 세계 문학사에 별이 된 본보기가 된다.[3] 이러한 국내·외 사정을 살펴본 후 국내 '장애인 문학 운동사'를 살펴볼 수 있는데 장애인 문예지《솟대문학》을 사례로 들자면 통권 100호를 기점으로 종간했기에 가슴 아프지만 나름대로 장애인을 창작 주체로 한 중점적인 발표지면을 운용했다는 점에서 주목할만했다.

2004년에 설립하여 현재까지 운영하는 단체로 〈장애인인식개선오늘〉[4]의 노력을 살펴보자면 대표와 회원들 60% 이상이 중증장애인이고 나머지는 비장애인 전문예술인으로 구성되어 있다. 2008년 재) 한국장애인고용공단의 지원을 받아 '갤러리 예향'이라는 미술관을 운영한 바 있다. 또, 2010년 재) 한국문화예술위원회의 지원을 받아 '대한민국 장애인창작집필실'이라는 장애인 문학

---

3) 김종회 문학 마실 유튜브 인용.
4) 문화체육관광부 등록 비영리민간단체 · 대전광역시 지정 전문예술단체 〈장애인인식개선오늘〉이 지원하는 「대한민국 장애인창작집」으로 선정된 정상석 시인의 시집 『가시연』에 대한 해설임.

전용 예술공간을 운영했다. 2013년부터 2024년 현재 대전광역시와 대전문화재단의 '장애인창작 활동 지원사업'을 통해 전문예술단체 〈장애인인식개선오늘〉은 '창작지원과 장애인인식개선 및 제도개선'을 위한 지속적인 노력을 기울였다. 전세계적으로 어느 국가에나 통용되는 의제, 의사일정, 협의 사항 등이 있는데 현재는 환경과 인권을 중요한 문제로 다루고 있다. 인권에서는 인종차별, 성평등, 아동문제, 여성, 장애인 인식 등을 들 수 있다. 특히 장애인 인식 문제는 인식과 실천의 문제로 이는 우리 사회가 돌봄의 문제 유무의 선택이 아닌 우리 사회가 감당해야 하는 책임의 문제이다. 이를 이해할 수 있어야만 장애인 문화운동에 대한 사회적 가치를 추구하는 선진 시민의 자격이 있는 것이다.

이번 대한민국장애인창작집 선정작가인 정상석 시인은 지체 장애 1급의 중증장애인이다. 그의 작품집의 발간 배경과 작품세계 그리고 앞으로 나아갈 그의 방향성을 일련의 작품들을 통해 살펴보고자 한다.

2. 정상석 시의 투명한 시혼(詩魂)의 무구(無垢) 발화점(發火點)

'장애'를 갖고 있다는 것은 선천적이거나 후천적이거나 삶과 죽음에 대한 경계인으로 언제든지 이주가 가능한 상태이다. 소수자 문학의 범주에 기거하며 자신의 정체성을 극복하기 위해 오롯하게 문학을 구원의 길로 믿고 있다. 정상석 시집『가시연』도 자신의 이름과 지엽성을 떠나 자신의 이름을 전국으로 발화하여 무한성(infinities)의 다중주체성(multiple subjec)을 갖는다. 주로 작품의 '확장성'에 근거를 둔 것이다. 그의 작품은 소수자의 문학이 어떻게 존재해야 하는지를 반언한다. '장애'가 가져다준 고유성의 문화를 다양성에 근거해 인정하고 고유한 문화에 대한 시대적 동질감을 이해하고 인식개선을 한다면 고유성과 독자성은 다른 계체와 연대하여 새로운 문화의 싹을 틔우는 계기를 만들 것이다. 이는 정상석 시인의 작품만을 통해서 구현된 변치 않는 문화의 지역성이 될 것이다. 이것은 정상석 시집『가시연』에 기거하는 각 작품이 세계와 언어와 형식의 옷을 입고 태어나고 살아온 지역성을 잇는 보편적 형식을 취하면서 가능한 일이다. 이로써 정상석 시인이 갖는 자기 세계화와 보편적 형식을 담은 작품집이 그에 걸맞은 소수 문학임을 알 수 있을 것이다. 정상석 시집『가시연』은 4부작으로 구성되었으며 실린 58편의 작품 중 일부를 분석하여 그의 시가 그의 의식의 저변에 사회구조적으로 작동된 억압된 무의식을 발견하여 어떻게 총체성에 대한 저항과 전복을 꿈꾸고 있는지 소수자 문학은 어떻게 존재해야 하는지에 관한 진실을 살펴보자는 것이다. 또, 그의 시 속에 있는 "무구(無垢)"는 그의 작품성이 지향점이 긍정적임을 살펴볼 수 있었다. 무구라는 것은 "때가 묻지 않고 맑은 시심 혹은 대상을 바라보는 꾸밈없는 자연 그대로 순박함"이라는 사전적 의미보다 그의 시에서 강한 요인으로 작용하여 시의 완성도를 높여주고 있다는 점이다.

> 매일 한밤중 12시 30분쯤이면
> 영락없이 울리는 차량의 방울 소리
>
> 요즘 사람들은 무엇을 그렇게 갖다가
> 버리는 것들이 많은지
>
> 엘리베이터를 타고 내려가 보면
> 아파트 쓰레기장이
> 정신이 하나 없네
>
> 아아, 어쩔까 저 중에
> 내가 무심코 버린
> 미움도 썩어 있을 건데
> ― 시「쓰레기차가 왔다」전문

활동지원사가 없으면 시인은 아무것도 할 수 없는 중

증장애인이다. 손가락으로 자판을 사용하고 온몸의 근육이 통증을 견디며 시 한 편을 완성한다. 그래서 붙은 별칭이 '손가락 시인'이다. 밤새도록 깨어 듣는 세상 밖의 소리에 귀를 기울이며 가늠하다 날이 밝으면 활동지원사 도움을 받아 확인하는 저 스산한 마음이 "무심코 버린 미움"에 대한 성찰로 아프게 읽힌다.

초원에서
놀고 있던 임팔라가
늙은 사자에게 잡아먹힌 뒤
어여쁜 꽃잎으로 환생하여
작은 평화를 꿈꾸고 있네

그런데 임팔라를 잡아먹은
늙은 사자는 기나긴 세월을
먹잇감을 찾아 초원을 헤매다
굶어 죽고 말았는데
노란 나비로 환생하여

작은 평화를 꿈꾸는
어여쁜 꽃잎의
향기에 취해
너풀너풀 춤을 추고 있네

— 시 「작은 평화」 전문

그는 최근 커다란 사회문제의 피해자였다. 그는 "다른 중증장애인들은 저와 같은 이런 일 따윈 당하지 말고 이런 끔찍한 악몽은 꿈꾸지 않았으면 좋겠다"라고 인터뷰를 통해 활동지원사의 구인난과 활동지원센터의 전문성과 도덕성에 대한 경종을 울린 바 있다. 법정투쟁도 불사하며 잘못된 관행과 활동지원사의 직업의식에 대한 사회적 공분을 이끌어낸 것이다. 국가가 책임져야 하는 복지 사각지대에서 오롯하게 방치된 채 시인이 살고자 하는 불온한 세상에 대해 견디고 있음을 가감없이 드러낸다. 이는 시인이 자신의 작품의 서사를 통하여 주체성을 회복하는 수단으로 언어를 통해 일구어 놓은 구체적 현상 즉 서정시가 주는 객체적 현실인 사회와 부딪친 관계가 절제되어 있다.

숨도 쉬지 못할 만큼
여기까지 달려오느라
고생 많았네

이젠 지칠 만도 한데
오히려 강해지려는
너의 모습을 보면서

나도 힘을 낸다

여기서
쓰러질 수 없다고 말하는
너의 작은 목소리와
피 맺힌 약속
나는 듣고 있다

아직은, 아직은 끝나지 않은
시간 속에 너는 승부수를
던질 때를 기다리는
고독한 눈빛인 것을 안다
─ 시 「아직은 끝나지 않았다」 전문

　시적화자가 내면의 시적 대상을 향해 '결핍'에 관한 얘기를 주고 받고 있다. 이는 결핍을 보완하고 채우기만을 위한 목적의 존재가 아니다. 무목적적인 원형의 자아를 사랑하기 때문에 싸움을 멈추지 않고 인간의 근원에 관련한 내재된 사랑을 스스로에게 발화를 권면하는 것이다. 이는 시인의 안과 밖이 '찰라의 합일'을 이루는 극적인 화해이며 헌신이자 예찬으로 볼 수 있다. 이는 '이성과 합일을 위한 바람'의 연애시와는 궤적을 달리한다. 다시말해 특정 대상을 향한 찬가도 아니고 성찰에 대한 평

안에 이르는 과정의 니르바나일 수도 있다.

> 살다가
> 외로워지면
> 그저 웃어요
>
> 외로워하다가
> 사랑이 그리우면
> 피식 웃어요
>
> 못난 가슴
> 애만 태우다가
> 그냥 웃지요
> ─ 시 「그저 웃지요」 전문

　짧은 시다. 이 시는 소라게처럼 '장애'를 짊어진 그의
웃음의 실체다. 역설적으로 웃는게 웃는게 아니다라는
의미와 일맥상통한다. 일반적으로 사랑시와 연애시는 서
정시의 범주에 속한다. 사전적 의미로 특정 이성에게 사
랑을 느끼거나 애정을 느끼는 감정을 '연애'라 한다면
인간 정신적 생활을 지배하는 기본적인 감정이나 어떤
주체가 특정 대상에 대한 마음을 품는 전체 혹은 부분적
동일성 혹은 부분적 합일의 욕구를 말한다. 정상석 시에

산재해 있는 많은 서사에 애틋하게 배어 있고 이러한 사랑과 연애의 감정이 발현되는 '근대성'이 잔존한다. 어쩌면 그의 결핍의 실체는 사랑하고 싶은데 사랑할 수 없고 사람이 그리운데 사람을 같이 할 수없고 사람은 많으나 진실한 인간 정상석이라는 사람에 대한 사람으로서 관심이나 그의 결핍에 대한 이해가 부족할 수 밖에 없어서 밝게 웃는 그의 웃음은 잔혹하다 할 정도로 슬프게 비춰질 수 밖에 없다.

> 벚꽃잎 가득한 공중에
> 바람이 휘날리는
> 저 길로 나 혼자 간다
>
> 아름다운 꿈과 사랑
> 다 등지고
> 추억 찾아 혼자 떠난다
>
> 이 외로운 공간
> 박차고
> 찬란한 별빛 보러 간다
> ― 시「혼자 가는 길」전문

 따라서 정상석의 시에는 '이성과의 합일의 욕구'가 없

다. 그래서 연애시와 달리 사랑시에 가깝다. 대상은 자연일 수밖에 없고 특정 대상이 무엇인가 라기 보다는 신에 대한 발원이나 자연에 대한 시적 대상으로서의 위치를 부여하는 것이다. 이는 지나온 시간에 대한 회귀성 기억의 시를 통해 포용적 사회를 꿈꾸는 외경스러운 마음이 정상석 시의 투명한 시혼(詩魂)의 무구(無垢) 발화점(發火點)이라고 봐도 무방하다. 지나간 일들에 대한 궤적의 시가 시기적으로 그의 삶의 원형을 지향한다는 점에서 분명 의미가 있다. 이는 또 원형의 시간성을 회복하고 현실에서 반추하여 새로운 삶의 이정표로 삼는 긍정으로의 회귀를 돕는다. 다시 말해 서정시 즉 시의 보편적인 기능인 감정적이고 능동적인 표출의 뛰어난 유형의 연애시처럼 서정시의 아주 쉽고 가볍고 스민다는 점에서 정상성의 시는 성공하고 있다.

3. 정상석 시는 살아온 날수만큼의 헌화(獻花)

그의 지난한 삶은 감정 표시적 기능에도 의식적일 수밖에 없다. 또, 의도적 표현을 한다고 해도 대상에 대한 화자의 감정적 지향점을 줄 수도 없다. 이것은 현대시 즉 서정시가 주관적일 수 밖에 없는 전제 사항이라는 점이다. 결국 주관적이고 제 스스로를 향할 수 밖에 없는 시적 발화는 스스로가 연단하고 성찰하며 그것을 수단으로 삼지 않으면 필패할 수 밖에 없다는 것을 정상석 시인은 잘 알고 있는 듯하다. 소위 아도르노가 말한 '주체와 대상의 혼융'으로서의 서정적 정조가 그의 시 전반에 흐른다. 대상이나 특정 이성 혹은 시기적 조건에 따라 사랑시와 서정시도 각각 미묘한 차이가 있다. 이처럼 연애시가 사랑시의 한 갈래라고 여겨지지만 사랑의 사전적 정의를 뛰어넘어 실존론적인 사회적 소수자 문학으로서의 담론을 통해 파악하는 차이와 유사성을 사회학적 관점의 삶으로 보여주는 정상석 시집 『가시연』에서 그의 깊은 사유와 통찰력을 가늠할 수 있었다.

소리 없는
눈물을 가슴으로
흘리는 암울한 밤입니다

사람들 속에 살기에
사랑하고
이별도 한 것입니다

목이 말라 물을 마셔도
더 목이 마르고
밤하늘에 별빛을 바라봐도

뭔가 빈 것 같은 느낌입니다

그래서 더욱
쓸쓸해지는 밤을 보내다가
나도 모르게 웁니다

사람들 속에 살기에
그리워하고
보고 싶어도 한 것입니다
— 시 「혼자 우는 밤」 전문

이와 같이 그의 시는 아주 쉽게 읽히고 접근성이 용이
하다. 정상석 시인의 시를 읽으면서 키에르케고르[5]가 말
한 심리적이고 윤리적인 삶의 하부구조를 형성하는 주제
이자 정신을 변화시키고 불안을 추방하는 힘이라는 규정
이라고 했던 말을 되새기는 계기가 되었다. 모쪼록 더욱
정진하여 소수 문학인 장애인 문학의 발전에 큰 획을 긋
기를 바란다.

---

5) 임규정, 「키에르케고르의 사랑 개념에 관한 일 고찰」, 『범한 철학』 31권, 범한
철학회, 2003.1, 262쪽. 재인용.

2024 장애인 창작집 발간지원 사업 선정 작품집

가시연

1쇄 발행일 | 2024년 12월 20일

지은이 | 정상석
펴낸이 | 정화숙
펴낸곳 | 개미

출판등록 | 제313 - 2001 - 61호 1992. 2. 18
주소 | (04175) 서울시 마포구 마포대로 12, B-103호(마포동, 한신빌딩)
전화 | (02)704 - 2546
팩스 | (02)714 - 2365
E-mail | lily12140@hanmail.net

ISBN 979 - 11 - 90168 - 96 - 0 03810

값 10,000원

발행기관 | 장애인인식개선오늘 **(042)826-6042**
주최 | 장애인인식개선오늘(고유번호 305-80-25363. 대표 박재홍)
주관 | 대한민국 장애인 창작집필실
심사 | 발간지원 사업 심사위원회
후원 | 대전광역시, 대전문화재단, 갤러리예향좋은친구들, 문학마당, 한국장애인
　　　문화네트워크, 드림장애인인권센터, (주)맥키스컴퍼니, (주)삼진정밀

문의 | (042)826-6042